ALLOCUTION

prononcée sur le perron principal

du Château d'Hermavillé

au Pèlerinage en l'honneur du Sacré-Cœur

le Dimanche 28 Juillet 1929

PAR

M. le Chanoine Edouard LEGRU

Docteur en Théologie, Licencié ès-lettres

ARRAS

Imprimerie de la Nouvelle Société Anonyme du Pas-de-Calais

—

1929

ALLOCUTION

prononcée sur le perron principal

du Château d'Hermaville

au Pèlerinage en l'honneur du Sacré-Cœur

le Dimanche 28 Juillet 1929

PAR

M. le Chanoine Edouard LEGRU

Docteur en Théologie, Licencié ès-lettres

ARRAS

Imprimerie de la Nouvelle Société Anonyme du Pas-de-Calais

—

1929

ÉVÊCHÉ D'ARRAS

ARRAS, LE 18 JUILLET 1929
6, RUE DES FOURS

Cher Monsieur le Chanoine,

J'ai occupé les premiers loisirs de ma con-
valescence à lire le discours que vous devez
prononcer le dimanche 28 courant à Hermaville sur le perron principal du château.

Il m'a été facile et reposant de me trans-
porter en esprit dans le cadre que je connais
et d'y reconstituer, avec l'horizon enchanteur,
l'assistance nombreuse et recueillie qui sera
heureuse de vous entendre à nouveau.

Je n'ai garde d'oublier les hôtes si aimables et si accueillants sans lesquels la cérémonie n'aurait pas tant d'éclat ni votre parole
tant d'écho.

Le génie du lieu s'est emparé de vous, cher
Monsieur le Chanoine. Les souvenirs du passé
vous ont enveloppé de leur charme et ont peu-

plé votre discours de nobles et sympathiques figures. Vos auditeurs vous sauront gré d'évoquer ces grands morts qui ont travaillé de tout leur cœur et de tout leur pouvoir à la gloire de la France et à l'indépendance du Saint-Siège. Ils croiront voir passer sous la voûte des arbres séculaires l'ombre de l'illustre maréchal Randon, auprès de l'ombre toujours chère de la Maréchale. Non loin de ces ancêtres, vous laissez entrevoir ces grands soldats de race, les de Salignac Fénelon qui ont porté si dignement un nom chargé de gloire.

Il ne tiendra pas à vous que leurs tombeaux ne soient entourés, dans leur solitude d'Hermaville, de l'éclat qu'ils méritent. Vous leur apportez des rayons qui viennent de loin et de haut, de la reconnaissance de la patrie, des bénédictions des grands Papes, et surtout du cœur même de Notre-Seigneur.

Je vous remercie, Cher Monsieur le Chanoine, car ce que vous faites pour le bon renom de votre Hermaville accroît encore le patrimoine religieux de mon diocèse, si riche en glorieux souvenirs.

Veuillez agréer, avec ma bénédiction, l'assurance de mes sentiments bien cordialement dévoués en Notre-Seigneur.

† EUGÈNE-LOUIS,
évêque d'Arras.

*Cœur de Jésus dont la plénitude
se répand sur nous, ayez pitié
de nous.*

Lit. du S. C. 17.

L'an dernier, mes Frères, en terminant
mon allocution du cinquantenaire, j'évoquais
ici les illustres morts que le château d'Hermaville me remettait en mémoire. Cette année,
je suis amené par les circonstances, et pour
la gloire de ma petite patrie, à revenir sur
l'histoire de l'Eglise et celle de la France
auxquelles Hermaville se trouve comme mêlé.
En effet, j'espère vous le montrer, depuis
le 22 juillet 1928, de grandes bénédictions
sont sorties du Cœur de Jésus, et sont tom-
bées sur le Pasteur suprême et son bercail,
sur Pie XI, souverain temporel de *la Cité
Vaticane* et chef spirituel de toutes les âmes
rachetées par le sang rédempteur, sur la géné-
reuse nation, *la Mère des Saints*, à laquelle
nous sommes heureux d'appartenir, sur la
noble habitation de Monsieur et Madame
André Saint-Léger, et ce charmant coin de
paysage artésien avec vue sur le bois d'Ha-
barcq, que Monseigneur Julien, dans sa
lettre du 30 juillet 1928, je l'en remercie en-

core, nous a décrit sous des couleurs si attray-
antes et si vives. Mais puisqu'il nous faut
remonter à la source de tout bien pour expli-
quer ce passé et ce présent d'histoire religieuse et nationale, je crois ne rien faire de
mieux que de citer l'invocation des Litanies
du Sacré-Cœur approuvées par sa Sainteté
Léon XIII, et de redire ces paroles de mon
texte : *Cœur de Jésus dont la plénitude se
répand sur nous, ayez pitié de nous.*

* *

Le monde est toujours sous l'impression
et dans la joie des accords du Latran et de
la réconciliation de l'Italie avec la Papauté.
Mais, là-haut, qui doit s'en réjouir plus que
le Maréchal Comte Randon, ancien ministre
de la guerre sous Napoléon III ? Il perdit les
bonnes grâces de l'Empereur, pour avoir, tout
protestant qu'il était, fait l'opposition la plus
courageuse, la plus juste, la plus conforme
à nos intérêts nationaux et à l'honneur de la
France, la fille aînée de l'Eglise, au mouve-
ment révolutionnaire qui s'attaquait aux
droits séculaires de la Papauté, et privait
de ses états le chef de l'Eglise catholique.
N'est-ce pas lui, qui, après l'évacuation
des Etats pontificaux par notre corps d'occupation, organisa, avec une particulière solli-

citude, la fameuse légion d'Antibes, appelée à défendre la personne et l'autorité du Saint-Père ? Chacun le sait, dans la lutte contre les Garibaldiens en 1867, *Ces soldats de la France, passés au service du Pape, se distinguèrent à Valle Corsa, à Nérola, à San-Giovanni, à Ponte Nomentano, à Monte Rotondo, à Mentana* (1).

Déjà auparavant, Pie IX avait dit au Colonel Merlin : *Je sais que le Maréchal Randon est un ami du Pape, je sais aussi qu'il est protestant, mais, hélas! dans le temps présent, un protestant comme lui vaut mieux que bien des catholiques* (2).

Cependant, quelle joie au Ciel, où l'a dû conduire sa conversion sincère au Catholicisme, survenue deux mois à peine après ces événements, lui procure, nous en avons la confiance, la réparation très désirée d'une injustice que sa loyauté eût voulu conjurer, et qui a si fort affligé les dernières années de sa vie !

* *

Mais elle frémit aussi d'allégresse, tout

(1) *La Conversion d'un Maréchal de France*, pag. 62.

(2) *Ibidem, note.* Rappelons encore que le général Randon, nommé ministre de la guerre en 1851, par le prince Louis Napoléon, avait eu à s'occuper du corps d'occupation de Rome, et qu'il avait été très flatté de recevoir du Pape Pie IX un des premiers grands cordons de son ordre.

près d'ici, dans son tombeau, la digne épouse du Maréchal, qui a tant fait prier, et tant prié elle-même, partout, pour la conversion du *cher séparé*, comme elle l'appelait. C'est au Cœur de Jésus qu'elle s'adressait surtout, dans cette chapelle de Notre-Dame de la Vallée, érigée à Saint-Ismier, en Dauphiné, par le Maréchal lui-même, en une architecture orientale, comme on en trouve de beaux modèles en Afrique, mais adaptée aux exigences du culte chrétien.

Nous parlons du Cœur de Jésus, mais, c'est en sa Fête, cette année même, qu'ont été ratifiés les accords du Latran, et la porte de bronze fermée d'un côté depuis 1870, ouverte à deux battants. Et c'est la douce image du Cœur de Jésus, envoyée par le Père Olivaint, le 1er janvier 1865, (elle avait amené un protestant à la vraie foi), c'est elle qui allait convertir aussi le Maréchal Randon. Le futur martyr de la Commune en avait le ferme espoir. Le 4 octobre, il envoyait encore une petite médaille du Sacré-Cœur, avec prière instante de la faire porter au ministre de la guerre. Celui-ci agréait la médaille qu'il ne quittait plus jusqu'à sa mort. Relevé de ses fonctions le 19 janvier 1867, il achevait de prendre connaissance des vérités religieuses, et le 22 décembre de cette même année, il recevait à

Paris des mains du Père Olivaint le baptême sous condition, abjurait le protestantisme et faisait la sainte communion.

Ah ! la belle conquête de la grâce divine ! Et c'est, mes Frères, l'œuvre du Cœur de Jésus ! Il fallait le dire ici. Le défenseur de Pie IX avait reçu sa récompense. Il expirait à Genève, le 13 janvier 1871, assisté de Mgr Mermillod, un ami, qui lui apportait la bénédiction du Souverain Pontife. Avant son agonie, ses dernières paroles étaient : *Oh ! la Patrie, ses souffrances me tuent !* Cependant le *Journal officiel* de la délégation de Bordeaux rendait hommage au soldat qui avait servi la France avec *talent, honneur, intelligence et patriotisme* (1). Et le 12 juin 1872, la Maréchale recevait du Pape spolié une lettre où nous lisons : *Le souvenir plein de piété que vous avez eu pour votre illustre mari*

(1) *op. cit.* pag. 147.
Le maréchal Randon, issu d'une famille protestante, n'aimait pourtant pas la Prusse. Engagé à 16 ans, il avait suivi son oncle le général Marchand en Russie avec la grande armée, et il avait été fait officier par Napoléon I, qui excitait au plus haut point son admiration. Mais il se souvenait qu'en 1814 et en 1815, la Prusse voulait le démembrement de la France, et qu'elle n'avait reculé que devant l'opposition de l'Autriche, de la Russie et de l'Angleterre. Aussi lui répugnait-il de voir Napoléon III appuyer a politique de Bismarck, et après Sadowa, il entrevoyait l'inévitable lutte entre la Prusse agrandie et la France, et il s'occupait de la préparer, quand il fut remplacé au ministère de la guerre.

honore votre cœur, et Nous estimons absolument justes et vrais les éloges que vous donnez au défunt. En même temps Nous désirons que vous sachiez pour la consolation de votre âme que Nous n'oublions pas, après leur mort, à l'autel du Seigneur, les hommes qui ont bien mérité de ce siège Apostolique (1).

Quelle plus douce, quelle plus suave récompense, alors et aujourd'hui pour celle qui, à l'époque de son mariage, vivait seule avec sa mère dans *ce grand château Louis XV situé au milieu des bois* (2) !

*
* *

(1) *op. cit.* pag. 151.

(2) Comme nous le disons plus haut, Madame la Maréchale, pour obtenir le retour au catholicisme de son illustre époux, sollicita les prières de grandes et belles âmes. Mgr Fava, évêque de Grenoble, les groupe fort bien dans sa *Lettre Préface* du 26 octobre 1891 : *Il y a là des noms,* écrivait-il à Madame la Maréchale, *qui apparaissent comme des jalons marquant la route qu'a suivie votre cher époux vers la conversion. J'ai nommé la bonne Mère Thècle, au visage bronzé par le soleil d'Afrique, à Bône* (Voir plus loin pag. 20) ; *Mgr Dupuch ; Saint Augustin dont le général reçut à Bône et accompagna les précieuses Reliques jusqu'au monument où elles furent placées ; Pie IX qui l'apprécia et le décora ; le P. Brumauld de la Compagnie de Jésus et ses compagnons ; Mgr Pavy, successeur de Mgr Dupuch ; Dom François Régis, fondateur de la Trappe de Staouëli, le jeune martyr Biskri Géronimo* (Voir ci-après pag. 21-24) ; *la légion d'Antibes, formée par le Maréchal ; Dom Charles, Prieur de Haute-Combe ; Madame Duchesne ; Mgr Mermillod qui l'assista à ses derniers moments et surtout cet admirable P. Olivaint, le glorieux martyr de la Commune, dont l'action fut grande et qui acheva l'œuvre de la grâce.*

Entre l'heureuse conclusion des accords du Latran, signés le 11 février 1929, fête de l'Apparition de Notre-Dame de Lourdes, et leur ratification signée au Vatican le 7 juin dernier, et couronnée jeudi 25 courant, par la première et triomphale sortie du Vatican, du Pontife-Roi, Pie XI, portant en ses augustes mains Jésus-Hostie, se sont déroulées à Orléans, du 6 au 9 mai, les splendides fêtes du cinquième centenaire de la délivrance de la ville par sainte Jeanne d'Arc. La France et le monde entier ont pris une part enthousiaste à cette reconnaissance cinq fois séculaire. Pie XI y envoyait son légat, et le Président de la République y assistait avec ses ministres. Les pouvoirs publics et l'Eglise Romaine célébraient ensemble la Sainte de la Patrie.

On aime à se figurer qu'à la lumière divine qui les inonde, et qu'au chant de l'éternel Hosanna au plus haut des cieux au Seigneur le Dieu des armées, Foch, l'illustre vainqueur de la plus grande bataille de l'histoire, inhumé récemment aux Invalides, dans une véritable apothéose, nos généraux, nos officiers et nos soldats de la dernière guerre tombés au champ d'honneur, ont contemplé ce splendide cortège. Ils devaient s'en réjouir aussi là-haut ces grands soldats d'Afrique que la Maréchale Randon signale dans ses pages intimes, à côté de son mari, préposé, en janvier 1852, par le prince Louis, au Gouvernement général de l'Algérie. J'en nomme quelques-uns seulement : Pélissier, Mac-Mahon, Bosquet... Salignac Fénelon, et ce chevalier chrétien égaré dans le dix-neuvième siècle, Sonis (1).

Jules, Victor, Anatole, Vicomte de Salignac Fénelon, général de division, Commandant le 17ᵉ Corps d'armée, décédé à Toulouse, à l'âge de 62 ans, repose aussi à Hermaville, avec sa femme, Alexandrine, Louise, Amélie, Claire, Vicomtesse de Salignac Fénelon, née Randon, pieusement décédée à Toulouse le 7 avril 1892, dans sa 61ᵉ année, que Toulouse ville d'œuvres, appelait *la générale de la charité.* Mgr Baunard, dans son *Allocution prononcée au mariage du Baron Henri de Salignac Fénelon avec Mademoiselle Gabrielle de France, célébré dans l'Eglise de la Madeleine à Lille,* prêtait à l'éminent et vénéré cardinal Desprez de Toulouse ce langage, sur la mort de l'homme de guerre, et en même temps de l'homme de bien, que fut le général de Fénelon; A ma place, disait-il,

(1) *op. cit. pag.* 29.

il nous aurait rappelé ce qu'il avait admiré d'élévation et de bonté, d'aménité et d'autorité, de droiture et de générosité, dans le caractère de ce général français, qui, en expirant victime de son devoir, emportait cependant, le magnanime regret de ne pas mourir sur un champ de bataille. Il nous eût dit, de souvenir, ces heures tristes et belles de la journée du 15 décembre 1878, où tout à Dieu et à la France, portant sur son cœur de chrétien la relique de la vraie Croix, et baisant religieusement l'image du Dieu crucifié, ce vrai fils des Croisés offrait son sacrifice pour le pays infortuné duquel il disait ces dernières paroles : Mon Dieu, sauvez la France... Pauvre Alsace ! pauvre Lorraine !... Ayez pitié de moi, Seigneur (1).

En même temps, Mgr Baunard rappelait que l'illustre archevêque de Cambrai, Fénelon, *voyait ceux de sa race, dans un passé qui date d'au delà du XIIIe siècle, remplir les sièges des églises de Cominge, de Sarlat, et deux fois de Bordeaux. Il les voyait au XVe siècle, soutenir les droits du Dauphin qui fut le roi Charles VII, et combattre pour lui à côté de cette Jeanne d'Arc, (on était au 7*

____

(1) *Allocution de Mgr Baunard, pag. 4,*

mai 1889), *dont Orléans, ce soir-même inau-
gure la Fête triomphale...* (1)

Et le même écrivain, dans un autre bel
ouvrage, nous dit en parlant de la guerre de
1870 : *Et puis, le 2 décembre, dans la plus
héroïque journée de cette campagne horrible,
ceux qui en furent les héros furent les soldats
du Pape. Ce fut au nom de Pie IX, comme
au nom du Sacré-Cœur que les volontaires
de Charette et les soldats de Sonis,* (celui-ci
mérite bien qu'on le nomme deux fois en ce

(1) *Ibid., pag.* 6. Rappelons ici que M. le Baron Henri
de Salignac Fénelon était par sa mère, née d'un premier
mariage de son grand-père avec la nièce de Casimir Périer,
le grand ministre de la monarchie de juillet, petit-fils du
Maréchal Comte Randon. D'autre part, nous ne résistons
pas au plaisir de citer Monseigneur Baunard, rapprochant
ainsi les pères si remarquables des deux jeunes époux
dont il célébrait l'union : « Heureux donc, mille fois heureux le jour déjà éloigné où le général Vicomte Jules de
Fénelon attacha à sa personne un jeune aide de camp
dans lequel il avait salué l'espérance d'un officier de
première distinction et de grand avenir ! En voyant dès
lors des liens de confiance et d'affection se former entre
ces deux hommes si semblables entre eux, pouvait-on
prévoir qu'un jour d'autres liens plus étroits se forme-
raient entre leurs enfants qui venaient à peine de naître ?
C'était le secret de la Providence, qui voit plus loin que
nous, parce qu'elle voit de plus haut. Mais qu'elle fait
bien ce qu'elle fait ! Et de quel cœur le général applau-
dirait aujourd'hui à cette entrée de son fils dans la famille
de son lieutenant devenu général comme lui ! Et que
nous eussions aimé voir, en même temps que s'uniront
les mains de leurs enfants, se serrer ici dans un nœud
fraternel, ces deux mains de leurs pères qui pendant près
de huit ans, furent inséparables l'un de l'autre ! (*Ibid.
pag. 11*).

pélerinage), *enlevèrent le village de Loigny, donnant ce jour-là à la France le sang que la veille ils avaient offert à l'Eglise* (1).

*   *

Hermaville, vous le constatez, mes Frères, se trouve donc comme apparenté aux grands noms et aux grands faits de l'histoire de l'Eglise, de la France et de notre belle colonie Africaine (2). Nous en sommes légitimement fiers. En cette année du Jubilé accordé au monde catholique par Pie XI, à l'occasion

(1) *Un siècle de l'Eglise de France, ch. V. Pie IX et la France.*

(2) Le cardinal Lavigerie qui fut en Algérie, comme le dit fort bien Monseigneur Baunard (*dans l'ouvrage cité ci-dessus, pag.* 453), non seulement un grand pontife, mais un grand organisateur, un grand civilisateur, eut, avant d'être envoyé en Afrique, les relations ies plus aimables avec le Maréchal Randon. Laissons parler la Maréchale dans ses *pages intimes,* pages 76 et 77 : *Mgr Lavigerie, alors évêque de Nancy, avait un frère dans l'armée, ce qui l'amenait assez souvent au ministère. Le Maréchal paraissait l'apprécier beaucoup, et il causait volontiers avec lui des intérêts religieux, dont nul ne comprenait mieux l'importance. Un jour qu'il avait reçu la visite du prélat, il vint me prévenir qu'il le retenait à dîner. « Je ne sais, ajouta-t-il en riant, s'il est protestant ou si je suis catholique ! Nous nous entendons fort bien ».*

On aime à voir assis à la même table deux hommes que la postérité acclamera bientôt, l'un comme le très illustre Primat d'Afrique, l'autre comme le conquérant glorieux de la Kabylie, celui-ci déjà célèbre depuis longtemps, par la fameuse rencontre de Laffrey avec Napoléon 1, le 7 mars 1815, où, capitaine de dix-neuf ans, il était seul, au jugement de l'Empereur lui-même d'abord, et du Comte de Chambord plus tard, à avoir fait pleinement son devoir.

du cinquantième anniversaire de son ordi-
nation sacerdotale, nous poursuivons ici,
sous les auspices du Cœur adorable de Jésus,
notre action de grâces de l'an dernier. Notre
sacerdoce, comme celui du Souverain Pontife, est sorti du Cœur transpercé du divin
Crucifié. Merci, ô mon Dieu, d'y avoir fait
participer celui qui fut notre maître toujours
aimé, et toujours regretté, le fondateur de
ce beau pélerinage. Tous les prêtres qui m'en-
tourent unissent leur gratitude à la mienne
et pour la même faveur . Le R. P. J. Vissei-
che, supérieur des Camilliens d'Arras, l'a
exprimée solennellement au Ciel, ce matin, à
la grand'messe, qu'il a célébrée en l'honneur
du Cœur de Jésus. M. le Doyen d'Aubigny le
fait ce soir, sous les insignes qu'il porte si
bien de la dignité nouvelle dont il vient d'être
revêtu (2). M. le Doyen de Vimy, annoncé
sur l'affiche nous manque. Il est à Lourdes en
ce moment. Mais il viendra à Hermaville

(2) On m'a fait aimablement remarquer que dans le texte
et dans les notes de mon allocution de l'an dernier, j'avais
oublié un doyen de notre canton. Je répare ici. Le 24 juillet
1898, et il ne le faisait pas pour la première fois, M. l'abbé
Ch. Carpentier, curé-doyen d'Aubigny, présidait la cérémonie en l'honneur du Sacré-Cœur. 40 ecclésiastiques
comme en 1891, environ 4.000 pèlerins y assistaient. Le
R. P. Cochart, jésuite, y faisait acclamer le Sacré-Cœur,
la France et l'armée, celle-ci représentée depuis longtemps
à Hermaville par des officiers de haut grade et de haut
mérite.

rappeler, par son nom et sa présence, son grand oncle, Mgr Lequette, l'évêque très aimé, qui, en venant consacrer l'église de Tilloy, a magnifié et béni le premier Pèlerinage du 30 juin 1878.

Mais, entre autres fervents religieux, la Congrégation du Très-Saint-Rédempteur a apporté plusieurs fois, dans le passé, l'appoint d'une doctrine sûre et d'un zèle ardent à nos belles cérémonies. Le R. P. Dubois est comme un nouvel anneau qui rattache la chaîne brillante des prédicateurs des cinquante premières années à ceux des pèlerinages à venir, et, dans la suite de ceux-ci, en 1935, M. le Curé d'Hermaville, si méritant du reste, célébrera, comme son prédécesseur de 1897, son jubilé de présence et d'apostolat dans cette paroisse, et avec quel cœur, si Dieu nous prête vie, nous y participerons ! La musique, qui nous a tant charmés dans le passé y apportera de nouveaux flots d'harmonie. Et le vieux château, avec ses allées et son parc, qui nous hospitalise toujours, bien embelli par ses dévoués, intelligents et chers maîtres, se trouve chaque année comme éclairé par de nouveaux rayons de gloire. Les fidèles, les pèlerins en sont ravis. Mais, cette fois encore, comme l'an dernier, je les confie à la mystérieuse nacelle du blason de

Mgr l'Evêque d'Arras, et je dis bien affectueusement, bien pieusement à chacune des chères âmes qui m'écoutent : *A Dieu va !*

LA BONNE MÈRE THÈCLE

En 1842, Randon est nommé maréchal de camp et envoyé à Bône. Son ange gardien l'y attendait sous les traits d'une vieille sœur de la doctrine chrétienne, bien pieuse, bien bonne, bien simple, bien dévouée. Elle était venue en Algérie, à la tête de cette légion de religieuses, qu'on a oubliées, mais dont Dieu se souvient ; elle apportait à nos pauvres soldats dépaysés et décimés par les maladies dans cette ville de Bône, où la fièvre sévissait cruelle, l'appui de son dévouement. Qui dira combien la bonne religieuse vraiment *mère* ensevelit de ces enfants de vingt ans ? Quelles consolations elle leur apporta à leur heure dernière, leur montrant le Ciel ! Combien de reliques elle envoya aux familles ! Que de larmes elle essuya !

Elle était bien vieille la bonne mère Thècle ; son visage, bronzé par le soleil d'Afrique, était tout ridé et couturé par la petite vérole ; elle était toute bossue. Mais le brillant général dès qu'il la vit, reconnut qu'un cœur de héros battait dans la poitrine de la pauvre femme, et il s'inclinait respectueusement devant ce dévouement dont les mobiles ne lui apparaissaient pas encore pleinement. La religieuse pressentit un ami en qui elle pouvait avoir toute espérance. Tous les deux se comprirent et s'entendirent immédiatement pour faire le bien !

La mère Thècle a fondé un orphelinat ; le général la soutiendra dans cette œuvre de dévouement il l'aidera à élever les bâtiments ; il étendra sa concession ; il la défendra contre les déprédations des

Arabes ; il lui consacrera tout ce qu'il peut distraire de ses frais de représentation. Si la mère Thècle lui offre les mandarines et les prémices de son jardin, le général les payera largement ; n'est-ce pas la part des pauvres, des vieillards, des orphelins ? L'humble religieuse et ses protégés parleront à Jésus de leur bienfaiteur. La prière de la mère Thècle fut le premier anneau d'une chaîne de supplications qui, de la terre d'Afrique, devait monter jusqu'au cœur de Dieu (1) ».

LE JEUNE MARTYR
BISKRI GÉRONIMO

« Dans l'année 1853, l'autorité militaire faisait démolir à Alger le fort dit des vingt-quatre heures. Ce fort, situé au bord de la mer, était trop rapproché du centre de la ville ; il ne présentait plus des conditions de défense en rapport avec la puissance de l'artillerie moderne. Il datait du seizième siècle et avait sans doute été construit en prévision ou à la suite de l'expédition de Charles-Quint contre les états barbaresques. La pierre de taille n'existait pas dans ce « pays de sables brûlants », on y avait suppléé par un composé de galets et de ciment, qui, sous l'action d'une chaleur torride, était devenu dur comme le roc.

(1) *La Conversion d'un Maréchal de France*, pag. 17-19.

Deux antiquaires, M. le docteur Guyon et M. Berbruger, bibliothécaire, se disputaient la découverte d'un vieux manuscrit du seizième siècle, dû à un auteur espagnol, nommé Haedo. Cet écrivain racontait que, lors de la construction du fort, le dey avait appris qu'un jeune Biskri, tombé aux mains des pirates et ramené par eux au bagne, était chrétien. Recueilli tout enfant dans une famille espagnole, il avait été instruit et baptisé par un prêtre qui était comme précepteur dans la maison. Comment avait-il été enlevé à la sollicitude du bon prêtre ? Le manuscrit ne le disait pas, mais les enlèvements d'enfants et d'hommes par les pirates barbaresques n'étaient pas rares sur les côtes chrétiennes de la Méditerranée. Le dey fit venir le jeune Biskri et lui donna l'ordre de renoncer immédiatement à la religion du Christ sous peine de mort ; le pauvre esclave répondit par un refus ; ni les menaces, ni les mauvais traitements, ni les promesses ne purent l'ébranler. « Je mourrai chrétien », disait Géronimo. Après de nouvelles menaces, comme sa fermeté ne se démentait pas, on lui lia les mains derrière le dos ; on le fustigea cruellement comme son divin Maître ; on lui fit faire le tour de la ville au son de la discordante harmonie des Bédouins et du monotone tamtam des nègres ; on le conduisit ainsi vers le fort alors en voie de construction ; là, on le fit coucher dans le pisé liquide et on le recouvrit de ciment. C'en était fait de la pauvre victime. Les anges du Seigneur avaient recueilli son âme.

Géronimo dormait, oublié, de son sommeil de trois

siècles (1553 à 1856) dans son lit de pierres, lorsque fut ordonnée la démolition du fort des vingt-quatre heures. La découverte du docteur Guyon et de M. Berbruger, leurs discussions — l'un était le possesseur du manuscrit dans lequel l'autre avait décou-vert le martyr, — appelèrent l'attention sur lui. Toute la colonie européenne s'en occupait avec passion ; les paris étaient ouverts : retrouverait-on le corps ?

Je parlai de Géronimo au gouverneur, qui me répondit sur un ton assez indifférent, qu'il donnerait des ordres pour qu'on cherche la dépouille du pauvre esclave, mais qu'il y avait peu de chances de succès, parce qu'on était obligé d'employer la mine pour détruire cette construction d'une solidité sans égale. Aussi fut-il très impressionné, je ne pouvais m'y tromper, lorsqu'un jour, de grand matin, il vint me chercher pour aller avec lui constater, — je devrais dire admirer, — ce que le colonel d'Aleyrac, directeur de l'artillerie à Alger, venait de lui raconter. Le martyr avait été découvert d'une façon toute providentielle. Une mine, en éclatant, avait détaché un bloc énorme de pisé, et l'on avait vu le corps de Géronimo apparaître comme dans une sorte de grotte. Les chairs, en se retirant, avaient laissé l'empreinte minutieuse des traits, de la barbe, des cordes qui retenaient les mains, des coutures des vêtements, de la chemise entr'ouverte, même de la physionomie douloureuse et résignée du mourant. Dans ce moule on coula du plâtre, et la statue du saint en fut retirée plus vraie, plus exacte que n'eût pu la faire le sculpteur le plus habile.

Mgr Pavy, évêque d'Alger, fixa un jour où il viendrait en procession, avec le clergé et les fidèles, recueillir les ossements du martyr. Le gouverneur, protestant, ne pouvait guère prendre part à cette cérémonie; il ne devait donc pas y assister. Comment se fait-il qu'il se trouva au milieu de nous au moment de la levée du corps et de la recherche de ces précieuses reliques ? Sans doute une visite de l'autorité militaire à un atelier d'artillerie voisin était ce jour-là nécessaire; le général Randon s'y rendit avec quelques officiers, et c'est ainsi qu'il rencontra le pieux cortège par un hasard qu'il me sera bien permis de trouver providentiel..» (1)

(1) *La Conversion d'un Maréchal de France*, pages 48-51.

ARRAS (France)